Nueve días para Navidad

Otros cuentos de Marie Hall Ets

IN THE FOREST
PLAY WITH ME
GILBERTO AND THE WIND
JUST ME

Nueve días para Navidad

Marie Hall Ets y Aurora Labastida
Ilustrado por Marie Hall Ets

PUFFIN BOOKS

Dedicado a todos los amiguitos mexicanos y a sus familiares que nos ayudaron a escribir este libro

PUFFIN BOOKS
Published by the Penguin Group
Viking Penguin, a division of Penguin Books USA Inc.,
375 Hudson Street, New York, New York 10014, U.S.A.
Penguin Books Ltd, 27 Wrights Lane, London W8 5TZ, England
Penguin Books Australia Ltd, Ringwood, Victoria, Australia
Penguin Books Canada Ltd, 10 Alcorn Avenue, Toronto, Ontario, Canada M4V 3B2
Penguin Books (N.Z.) Ltd, 182–190 Wairau Road, Auckland 10, New Zealand
Penguin Books Ltd, Registered Offices: Harmondsworth, Middlesex, England

First published in the United States of America by The Viking Press, 1959
Published in Picture Puffins, 1991
1 3 5 7 9 10 8 6 4 2

Library of Congress Catalog Card Number: 91–52923
ISBN 0-14-054441-0

Printed in the United States of America

La Navidad estaba cerca. Ceci lo sabía, pues todos los niños no hablaban de otra cosa . Un día, oyó a su mamá y a sus tías haciendo planes para las *posadas*, las fiestas especiales de la Navidad. Cada noche, durante nueve noches antes de la Navidad, se celebraría una posada, y cada noche en una casa distinta.

—Vamos a dar la primera en nuestra casa — dijo su mamá—, porque ahora que Ceci tiene edad para ir a kinder, creo que puede quedarse despierta para las posadas, y también para dar su propia posada.

Ceci apenas podía creerlo. ¡*Ella* iba a tener una posada!

—¿Y tendré una piñata? —preguntó. Pensaba en todas las hermosas piñatas que colgaban fuera de la fábrica donde las hacían. Sabía que las piñatas sólo eran papel alrededor de ollas de barro, pero *parecían* tener vida propia.

—¿Quién ha oído de una posada sin piñata?

La tía Matilde rió, dando un tironcito a una de las pequeñas trenzas de Ceci.

—¿Pero tendré una? —preguntó nuevamente Ceci a su mamá.

—Espera y verás, Ceci —dijo su mamá—. Espera y verás.

Al día siguiente, como todos los días, Salvador, el hermano mayor de Ceci, la dejó en la puerta del kinder en su camino a la escuela. Y como todos los días, Ceci regó las flores del gran jardín y bailó en una rueda y pintó dibujos. Pero al mediodía, poco antes de la hora en que los niños salían al portón para ver quiénes

los esperaban, la maestra de Ceci reunió al grupo debajo del pimentero y dio a cada niño un hermoso caramelo y les dijo adiós. Pues, a diferencia de otros días, era el último día de escuela.

—¡Viva! ¡Viva! —gritó Salvador mientras caminaba a casa junto con Ceci—. ¡Se acabaron las clases hasta febrero!

Salvador estaba contento de que la escuela hubiese terminado. Ahora podría jugar béisbol con los otros niños y ver televisión en casa de su abuela y tocar la guitarra. Pero Ceci estaba triste. Le gustaba el kinder y no sabía qué hacer en casa mientras esperaba que llegara su posada de Navidad.

—¿Cuánto tendré que esperar? —le preguntó a Salvador.

—¿Esperar qué? —contestó su hermano.

—¡Mi posada! —dijo Ceci.

—Hasta nueve días antes de Navidad —dijo Salvador—. Veintiún días.

A la mañana siguiente, antes que el resto de la familia se levantara, Ceci estaba afuera viendo cómo María, la criada, barría el frente de la casa. —¿Es hoy el día de mi posada? —preguntó.

—Todavía no, Ceci —María rió—. Todavía no!

Más tarde, Ceci caminó calle abajo con María hasta donde dos ancianas vendían *tortillas*, tortas de harina de maíz. Las dos mujeres batían la masa entre sus manos y tiraban las tortillas sobre una plancha de hierro caliente para cocerlas. Otras criadas compraban tortillas ya hechas, pero María sólo compró un poco de masa. María sabía cómo hacer las tortillas ella misma.

De regreso a la casa, se detuvieron en la esquina y María compró el periódico de la mañana para el papá de Ceci.

Después del desayuno, cuando su papá salía para la oficina, Ceci corrió hasta el portón con él y se despidió con un beso. Luego entró y miró cómo su mamá bañaba al bebito. Después de vestir al bebito, la mamá dejó que Ceci lo cargara por un momento. Luego, la mamá lo cargó y lo puso a dormir en su cuna.

—Déjame ir contigo —dijo Ceci al ver que su mamá se preparaba para ir al mercado.

—No, Ceci —dijo su mamá—. ¡Eres muy pequeña para ir al mercado!

Entonces Ceci buscó su muñeca favorita, Gabina, para jugar con ella. —¡Nadie *nunca* me quiere llevar al mercado! —dijo a Gabina—. ¡Pero algún día voy a ir! ¡Y también te llevaré a ti, Gabina! ¿Quieres ir al mercado?

Y como la cabeza de Gabina estaba floja, lo único que tuvo que hacer Ceci fue sacudirla un poco, para que dijera que sí con la cabeza.

Cuando su mamá había salido, Ceci se sentó junto al portón a mirar qué pasaba en la calle.

Pasaron hermosos automóviles.

Pasó un viejo tan pobre que no tenía zapatos. Llevaba una carga muy pesada sobre sus espaldas y tenía que correr para no caerse.

Pasaron dos mujeres del pueblo con sus bebitos en las espaldas y los brazos llenos de flores para vender en el mercado.

El lechero vino con su carrito y se detuvo detrás del muro donde Ceci no podía verlo. Pero cuando tocó el timbre María salió corriendo y compró tres botellas de leche.

Luego vino un hombre que vendía cestas y escobas, y un hombre que vendía pájaros.

"¿Dónde están mis pájaros?" pensó Ceci. Y corrió de regreso al patio para ver si estaban afuera.

Sí, estaban. Y allí, sobre el muro que separaba su patio y el del vecino, estaba el enorme gato del vecino. ¡El gato sin cola!

—¡María! ¡María! —gritó Ceci—. El gato está detrás de mis pájaros otra vez. Entonces María salió y entró la jaula nuevamente a la cocina.

El domingo, María fue a su pueblo. Y después de la misa, Ceci y su familia fueron al parque. A Ceci le gustaban las flores y las fuentes. Pero lo que más le gustaba eran los patos del lago. Cuando terminó su

merienda sobre la hierba, tomó unas galleticas y corrió hasta la orilla del agua para alimentar a los patos. —Voy a dar una posada— les dijo—. Y quizás tendré una piñata.

Al día siguiente cuando Ceci debía estar durmiendo una siesta, pensaba en los patos. "Me gustaría ser un pato" pensó. "¡Quisiera ser un patito flotando sobre el agua! ¿Cómo sería eso?" Se levantó de la cama y corrió hacia el baño. Llenó la bañera con agua hasta la mitad, luego se quitó la ropa y se metió en ella.

—¡Oh! ¡Oh! ¡Oh! —jadeó Ceci, porque el agua estaba tan fría que la dejó sin aliento. De todas maneras se sentó en el agua y trató de hacer cuac–cuac como un pato, pero sus dientes castañeteaban tanto que el sonido parecía el llanto de una niñita. ¡No era nada divertido ser pato!

—¡Ceci! ¡Ceci! —gritó su mamá, corriendo desde la cocina—. ¿Qué te pasa? ¿Dónde estás?

Y cuando su mamá entró al baño y vio a Ceci azul por el frío, dijo: —¡Ceci! ¡Cómo se te ocurre meterte en esa agua helada!

Sacó a Ceci del agua y comenzó a frotarla con una enorme toalla de baño. —¿No sabes que siempre tengo que encender el calentador para calentar el agua antes de que puedas bañarte?

—No me estaba bañando —dijo Ceci—. Sólo quería ser un pato.

Y empezó a llorar.

—¡Oh, mí pequeña Ceci! —dijo su mamá, abrazándola—. ¡No te estaba regañando! Sólo estaba asustada. ¡Tengo miedo de que vayas a resfriarte!

Pero a pesar de estar vestida con ropa abrigada y sentada al sol en el patio, Ceci seguía triste. No podía olvidar a los pobres patos y el frío que debían tener en el parque.

—¡Ceci! —llamó María, corriendo en busca del latón de basura—. ¡Está sonando la campana! ¡Apúrate y puedes venir conmigo!

Ir a la esquina a esperar el camión de la basura era uno de los momentos más gratos para las criadas de la cuadra. Con sus risas, los pellizcos que le daban en

las mejillas y las preguntas que le hacían sobre su primera posada, Ceci se olvidó de los pobres patos.

—¿Y qué tipo de piñata vas a tener, Ceci? —preguntó una.

—No lo sé —dijo Ceci—. No sé si tendré una.

Una mañana, la mamá de Ceci la llamó más temprano que lo usual para peinarla. —Te tengo una sorpresa, Ceci —le dijo—. ¿Puedes adivinar lo que es?

Ceci adivinó que era una nueva muñeca, luego que era un nuevo vestido. Pero no era nada de esto.

—Adivina otra vez —dijo su mamá.

—Es . . . es . . . *¿será una piñata*? —preguntó Ceci.

—Eso es —dijo su mamá—. Es tu piñata.

—¿Dónde está? —preguntó Ceci—. ¡Quiero verla!

—No está aquí —dijo su mamá—. Hoy te voy a llevar al mercado para que escojas tu propia piñata.

Antes de que su mamá pudiera terminar de hacerle las trenzas y ponerle el lazo en el pelo, Ceci ya estaba corriendo. En seguida fue a contarle a Gabina. —¡Voy a tener una piñata, Gabina! —le dijo—. ¡Voy al mercado para escogerla yo misma! Voy a escoger la piñata más linda del mundo! Y también será tuya, Gabina. ¿Quieres ir al mercado conmigo?

Y sin esperar a que Gabina contestara que sí con la cabeza, Ceci tomó la muñeca y un pequeño rebozo y corrió a la cocina para esperar a su mamá.

—¿Vamos al nuevo supermercado grande? —preguntó Ceci a su mamá mientras esperaban el autobús en la esquina.

—No, Ceci —dijo su mamá—. Para tu piñata y las otras cosas que necesitamos para la posada tenemos que ir a un viejo mercado mexicano.

El Satélite
Helados
DAIRY QUEEN
DAIRY QUEEN

Cuando entraron en el mercado navideño, Ceci se detuvo completamente. “Las hadas y los duendes deben haber venido aquí durante la noche” pensó. “¡De otra forma, cómo explicar que sea tan hermoso!” Había caramelos y juguetes y

luces brillantes y figuras de barro pintadas de José y María y el burrito y ovejitas y vaquitas. Pero Ceci no miró mucho tiempo estas cosas, porque más allá, meciéndose y girando con el viento, estaban las piñatas.

Y como su mamá se había detenido para comprar velas y otras cosas, Ceci siguió caminando, acercándose cada vez más a las piñatas. Había cientos de piñatas. Piñatas ENORMES. Piñatas GRANDES. Y piñatas pequeñas. Y cuando Ceci entró en el mundo de las piñatas, éstas cobraron vida y la saludaron.

—¡Bienvenida! ¡Bienvenida, niñita! —dijeron—. ¿Nos quieres conocer mejor?

Y se dieron vueltas de un lado y del otro, para que Ceci pudiera verlas completamente.

—¿Por qué no cuelgas tu muñeca aquí con nosotras? —dijo una alegre cotorra.

A tu muñeca le gustará bailar en el viento antes de que la rompan.

—¡Rompan! Oh, no! —dijo Ceci apretando a Gabina—. ¡Esta es una muñeca *de verdad*! ¡No es una piñata!

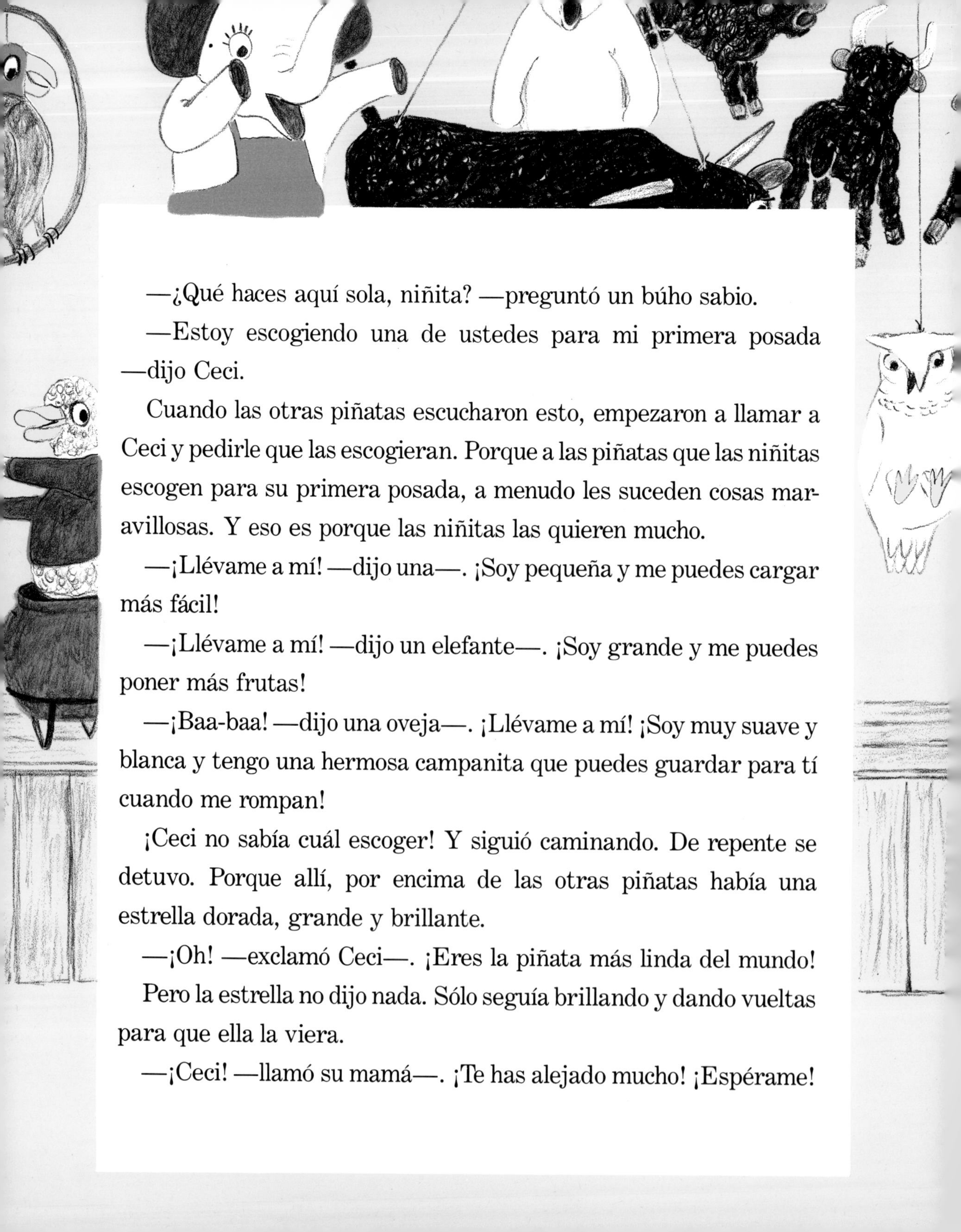

—¿Qué haces aquí sola, niñita? —preguntó un búho sabio.

—Estoy escogiendo una de ustedes para mi primera posada —dijo Ceci.

Cuando las otras piñatas escucharon esto, empezaron a llamar a Ceci y pedirle que las escogieran. Porque a las piñatas que las niñitas escogen para su primera posada, a menudo les suceden cosas maravillosas. Y eso es porque las niñitas las quieren mucho.

—¡Llévame a mí! —dijo una—. ¡Soy pequeña y me puedes cargar más fácil!

—¡Llévame a mí! —dijo un elefante—. ¡Soy grande y me puedes poner más frutas!

—¡Baa-baa! —dijo una oveja—. ¡Llévame a mí! ¡Soy muy suave y blanca y tengo una hermosa campanita que puedes guardar para tí cuando me rompan!

¡Ceci no sabía cuál escoger! Y siguió caminando. De repente se detuvo. Porque allí, por encima de las otras piñatas había una estrella dorada, grande y brillante.

—¡Oh! —exclamó Ceci—. ¡Eres la piñata más linda del mundo!

Pero la estrella no dijo nada. Sólo seguía brillando y dando vueltas para que ella la viera.

—¡Ceci! —llamó su mamá—. ¡Te has alejado mucho! ¡Espérame!

Cuando la mamá de Ceci se acercó, todas las piñatas colgaban de nuevo en silencio. Y Ceci pudo oír las voces de muchas personas que vendían y compraban cosas para las posadas de Navidad.

—¿Qué piñata quieres, Ceci?—preguntó su mamá—. ¿Te has decidido?

Ceci miró hacia atrás a las otras piñatas. Le gustaban todas, pero sólo podía tener una. De manera que señaló la estrella.

¡Qué bonita es, Ceci! —dijo su mamá—. Es la estrella que guió a los Reyes Magos hacia el Niño Jesús.

De manera que compraron la estrella grande y la llevaron a casa en un taxi.

Y cuando Ceci se despertó a la mañana siguiente, no tuvo que preguntar nada. ¡Ya lo *sabía*! Era el día esperado. ¡El día de su posada!

Temprano en la mañana, su mamá y María llenaron hojas de maíz con masa de harina de maíz dulce y pasas y las pusieron en ollas al vapor. Luego adornaron el jugo de frutas con las brillantes flores rojas del mercado. Ceci las ayudaba llenando jugueticos con caramelo, cuando su papá llamó desde el patio diciendo que Salvador y él estaban casi listos para la piñata. Su papá sujetaba la escalera y Salvador colgaba sogas entre dos árboles del patio.

Entonces, María tomó la piñata y la colgó entre dos sillas en la cocina, y Ceci la llenó completamente ella sola. Le puso naranjas grandes y jugosas, y pequeños limones dulces, y maní, y caramelos envueltos en hermosos papeles, y bastoncitos de azúcar rojos y blancos. Luego salió para ver cómo su papá y Salvador amarraban la piñata llena a la soga en el patio y la subían bien alto en el aire.

—Mira, Ceci —dijo Salvador tirando de un extremo de la soga que colgaba cerca del jacarandá.

—Así es cómo subiremos y bajaremos tu piñata, para engañar a los niños cuando tengan los ojos vendados y traten de pegarle.

—¡Pero no quiero que le peguen! —dijo Ceci.

—¡No quiero que nadie rompa mi piñata!

—¿Qué clase de posada va a ser si nadie rompe la piñata? —rió Salvador—. Las piñatas están hechas para romper.

Poco después de oscurecer, cuando todos los invitados habían llegado, Ceci, que se había puesto un vestido de su pueblo, porque le gustaba más que su otra ropa, y su primo Manuel, encabezaron la procesión que da inicio a cada posada.

Caminaron lentamente alrededor del patio llevando a José y a María y al burrito. Y todos los siguieron con velas en las manos y cantando la canción de los Santos Peregrinos.

Pronto llegaron a una puerta cerrada en un lado de la casa y Ceci se acercó y tocó. Al principio la gente detrás de la puerta contestó cantando: "No. ¡No hay lugar en la posada!" Pero al final, la puerta se abrió y todos cantaron: "¡Entren, Santos Peregrinos!"

Entonces Ceci y Manuel entraron y pusieron a José y María y el burrito sobre una mesa. Luego salieron corriendo al patio.

Ahora los otros niños empezaron a cantar y a gritar: —¡Sigue Ceci, no te demores! ¡Trae los juguetes y los dulces en una bandeja!

Ceci y su mamá y María pasaron las bandejas grandes y dieron a todos un juguete lleno de caramelos.

La piñata de Ceci, en medio del patio, brillaba sobre sus cabezas como una estrella de verdad, mientras que los niños corrían de un lado a otro explotando triquitraques y moviendo sus luces de Bengala. —¡No quiero oro! —comenzaron a cantar—. ¡No quiero plata! ¡Lo que quiero es romper la piñata!

Entonces Salvador trajo un palo largo y un pañuelo grande y pidió a la tía Matilde y al tío Pepe que vendaran los ojos de los niños y les dieran vueltas, mientras él sostenía la soga al lado del árbol para subir y bajar la piñata. Luego hubo un gran alboroto, pues todos querían ser los primeros en tratar de romper la piñata.

Los niños pequeños sólo pegaban en el aire y todos reían. Pero los mayores comenzaron a golpear la piñata.

—¡Venden los ojos a Ceci! —gritó Manuel—. Trata de romperla, Ceci! ¡Es divertido!

Pero Ceci no quería ni mirar.

Se apartó y se puso detrás del árbol cerca de Salvador. —¡No dejes que le peguen! —dijo—. ¡No dejes que rompan mi piñata!

Pero Salvador, riendo con los demás, no le hizo caso.

De repente hubo un estruendo. Luego vinieron los gritos y los niños revolcándose unos sobre otros y tratando de arrebatar las golosinas que rodaban por el

suelo. "*¡La rompieron!*" pensó Ceci, pero se quedó quieta sin mirar.

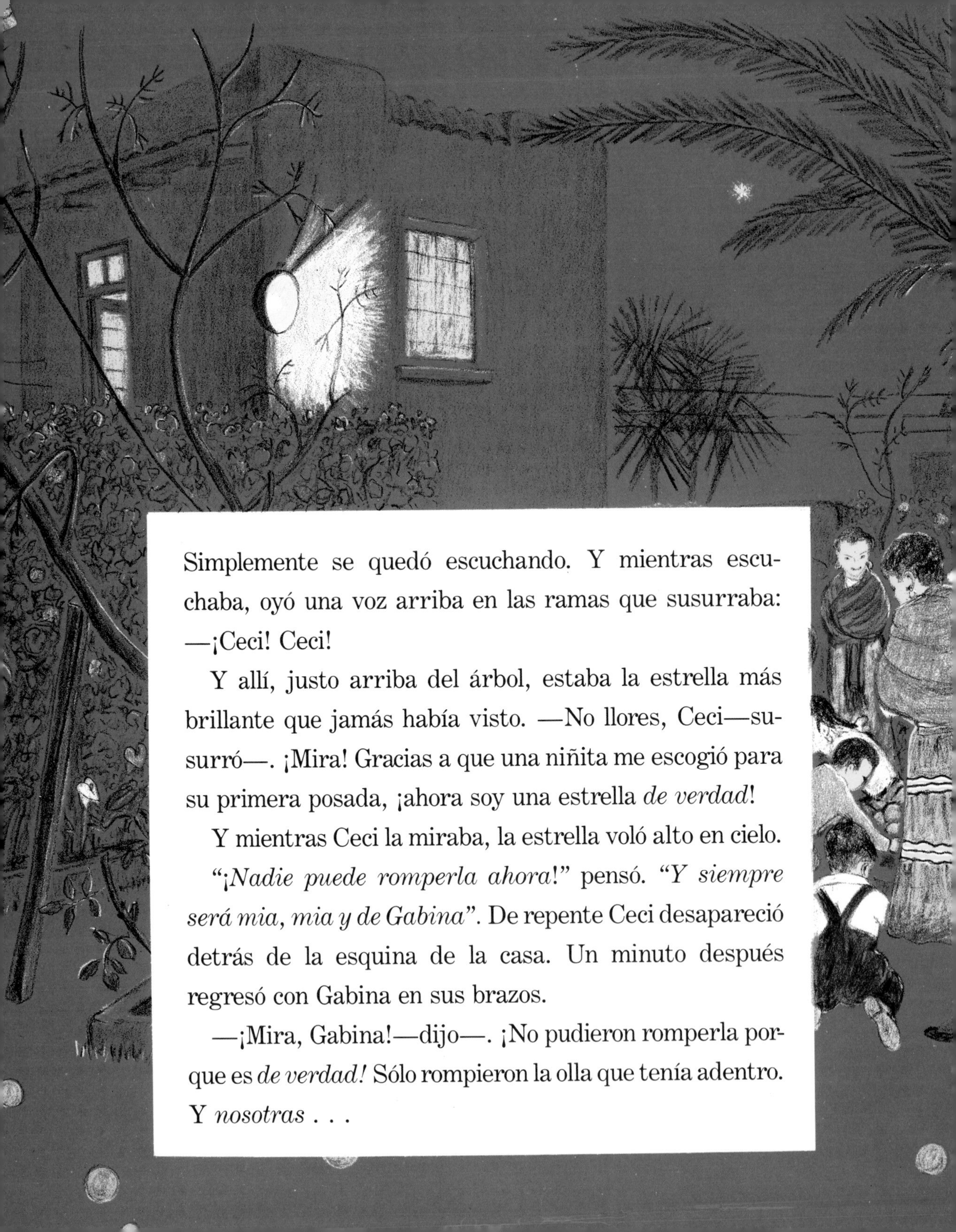

Simplemente se quedó escuchando. Y mientras escuchaba, oyó una voz arriba en las ramas que susurraba: —¡Ceci! Ceci!

Y allí, justo arriba del árbol, estaba la estrella más brillante que jamás había visto. —No llores, Ceci—susurró—. ¡Mira! Gracias a que una niñita me escogió para su primera posada, ¡ahora soy una estrella *de verdad*!

Y mientras Ceci la miraba, la estrella voló alto en cielo.

"*¡Nadie puede romperla ahora!*" pensó. "*Y siempre será mia, mia y de Gabina*". De repente Ceci desapareció detrás de la esquina de la casa. Un minuto después regresó con Gabina en sus brazos.

—¡Mira, Gabina!—dijo—. ¡No pudieron romperla porque es *de verdad!* Sólo rompieron la olla que tenía adentro. Y *nosotras* . . .

nosotras le hemos dado al mundo una nueva estrella de Navidad. ¡*Nuestra* estrella, Gabina! ¿No ves cómo brilla sólo para nosotras?

Y Gabina miró, y moviendo a cabeza, dijo tres veces sí.